너에겐 행복이 어울려

너에겐 행복이 어울려

1판 1쇄 발행 2024년 10월 14일
1판 2쇄 발행 2025년 3월 7일

지 은 이 세희
펴 낸 이 노근수
디 자 인 박현종

펴 낸 곳 은는이가
출판등록 2023년 6월 16일 (제 2023-000113호)
주 소 경기도 고양시 일산서구 현중로64, 602-1003호
전 화 031-815-0155
팩 스 031-696-6468
이 메 일 en2ga@naver.com

ISBN 979-11-989265-0-0 (03810)

정가 16,800원

얼렁뚱땅 흘러가는 내 인생에서 세심한 행복 찾는 법
너에겐 행복이 어울려
글·그림 세희
은는이가

작가의 말

유독 내가 못나 보이는 날이 있습니다.

미래가 불안하고, 막막할 때.
누군가를 질투하고 미워할 때.
매번 실패하고 좌절할 때.

이런 제가 불행한 줄 알았습니다.
행복할 줄 모르는 제가 할 수 있는 건
스스로를 부끄럽게 여기는 것뿐이었죠.

하필 그런 날에는 이마에 올라온 뾰루지마저 유독 새빨개지더군요.

저는 제가 미울 때마다 일기를 썼습니다.
신기하게도 일기를 쓰면 나를 미워해야 할 이유가
나를 위로해야 할 대상이 되었습니다.

〈세심일기〉는 그렇게 탄생했습니다.

〈세심일기〉는 세상의 모든 마음을 담지만
동시에 세희의 조그마한 마음이기도 합니다.

특별한 행운이나 대단한 이야기는 없어도
살아가며 느낄 수 있는 찌질한 일상이 가득하죠.

어쩌면 행복이란 못난 마음을 있는 그대로 수용하고
정성스레 돌볼 때 느낄 수 있는 것이 아닐까요?

항상 옆에서 응원해주고 지지해준 가족과 친구들
작디작은 저의 마음을 함께 읽어주시는 독자님들께 감사함을 전합니다.

못난 마음도 애정하며 행복하게 살고 싶은
저와 같은 이들에게 이 책을 바칩니다.

부디, 당신이 느끼는 모든 마음이
사랑스럽다는 것을 알아주길!

- 2024년 가을, 세희

CONTENTS

PART 1 나에게 어울리는 삶을 찾아서

PART 2 때로는 어둠도 필요한 거야

PART 3 서툴지 않은 사람이 어디 있겠어

PART 4 나를 지키며 나아가는 법

PART 5 우리에겐 행복이 어울려

우리는 저마다의 짐을 이고 살아갑니다.

그 안에는

무거운 사명도,

9

어디를 향해 가는 걸까요?

목적지는 알 수 없지만

그럼에도 멈추지 않고
흘러가겠죠.

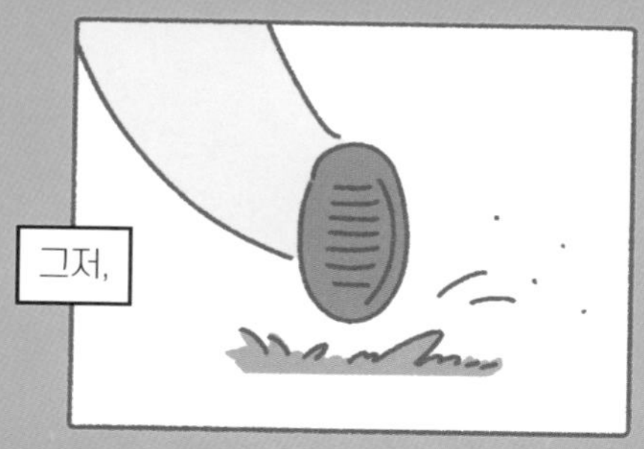

발 닿는 오늘의 여정 속에

세심한 행복 한 잎 떨어지길.

나에게 어울리는 삶을 찾아서

01

확신 없는 너에게

어느덧

제때 먹지 못한 마음을
아쉬워하는 나이가 되었습니다.

지금은 채 준비되지 않은 마음으로
초연히 내딛는 법을 배우는 중입니다.

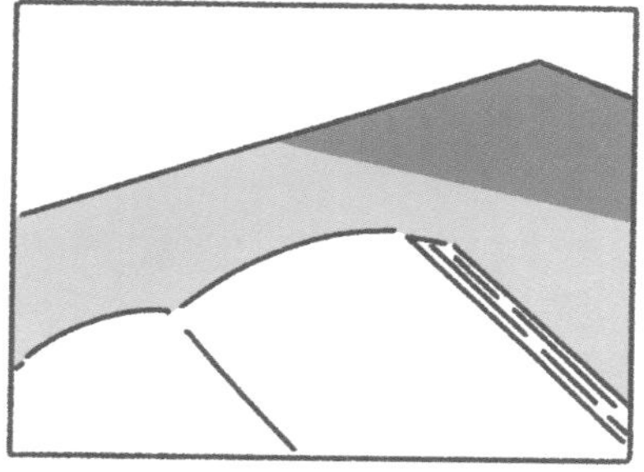

시작이 두려울 때 우리는 이렇게 말한다.
"아직 마음의 준비가 안 됐어!"

준비된 상태에서 한 도전이 얼마나 있는지 생각해 보자.
마음 핑계를 대느라 시작조차 못 해본 일들만
한 트럭 쌓여 있을 뿐이다.

도전을 망설이는 청춘에게 얘기해주고 싶다.

마음의 준비라는 것은 애초에 없으니
준비되지 않은 마음을 쥐고 그냥 뛰어내리라고.

지금, 당장!

02

흔들리지 않는 마음

난 왜 모두에게 잘 보이고 싶어 할까?

왜 모든 걸 잘 해내고 싶은 걸까?

그건 건들면 안 되는데ㅠㅠ

저한테 말씀하시지…

죄송합니다

인정받고 싶은 마음이
간절해질수록

이런 것까지 질문하면
너무 미숙해 보이나…

잘해내면
칭찬받을 수 있을 텐데

그냥 모른다고 말씀드릴까

혼자 해결하고
싶은데

도망갈까

눈치 좀 안 보고
살고 싶다

너 자신에게
인정받는 게
더 중요해

스스로를
대견히 여기면

남의 시선에
흔들리지
않을 수 있어

남들의 사소한 시선에 신경 쓰느라
정작 나를 단단하게 만드는 것에
소홀했던 시기가 있었다.

남들에게 잘 보여야
인정받을 수 있다는 생각 때문에
매 순간 그들의 눈치를 살피며
나를 증명하려 애썼다.

그래서인지 남들의 평가에 쉽게 흔들렸고,
쉽게 자괴감에 빠졌다.

타인에게 인정받으려 안간힘 쓰지 말자.

내 가치는 내가 만드는 것이다.
내가 나를 인정하는 것이 가장 중요하다.

03

개성이 없다고 느껴질 때

창작이 업이 되면
한 번쯤 하게 되는 고민이 있습니다.

특별해야 한다는 강박이 커질수록
좋은 작품에서 멀어지는 것만 같습니다.

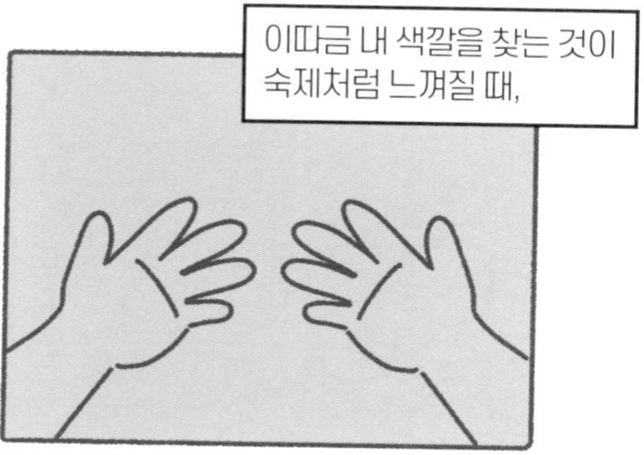

난 한 가지
색으로 이루어진
사람도 아니잖아

좋은 작품들을 다채롭게 소비하고

그것에 자주 물들다 보면

어느새 저만의 조화를 이룰 날이 오겠지요.

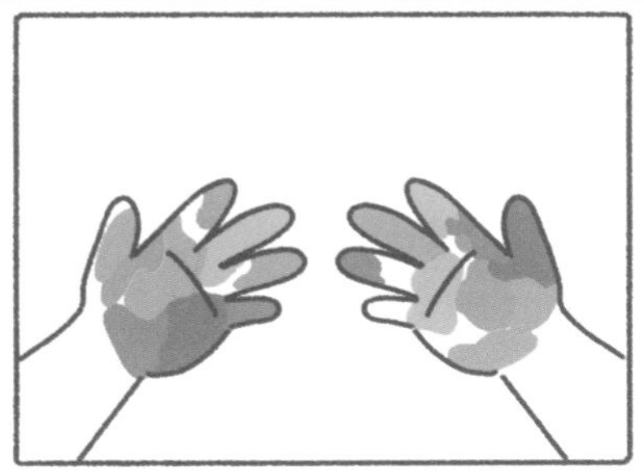

04

좋아하는 걸 좋아하는 마음

특히 아바타 코디 스티커를 한 묶음 뜯어

다이어리에 옮겨 붙이는 걸 좋아했습니다.

반드시 아바타는 아바타끼리, 옷은 옷끼리 분류하여

일렬로 정리해야 마음이 편했습니다.

지금도 우리 집에는 스티커북 다이어리가
종류별로 꽂혀 있습니다.

순수했던 시절의 마음들이 떠올라서 좋습니다.

정신없이 살다 보면
좋아하는 것도 잊어버릴 때가 있다.

가끔은 구석에 처박아둔
먼지 쌓인 취향을 꺼내보자.

낡고 오래된 것일수록 향수는 배가 된다.

나 아직도 이거 좋아하네…. ☆

05

아무튼 그만두겠습니다 I

익숙하게 취소하던
약속도 아니었습니다.
나 아직 일이
안 끝나서..
정말 미안한데
저녁 다음에
먹어도 될까..?

35

무엇을 잊은지도 모른 채
가라앉는 기분⋯.
그것은 두려움이었습니다.

퇴근만 했는데
열두 시네

씻고 나오니까
새벽 1시..

나 몇 시간
잘 수 있지

아, 맞다
그림

내일도
못 그리겠지..

다들 이렇게
사는 걸까
평생?

•······ 06 ······•

아무튼 그만두겠습니다 2

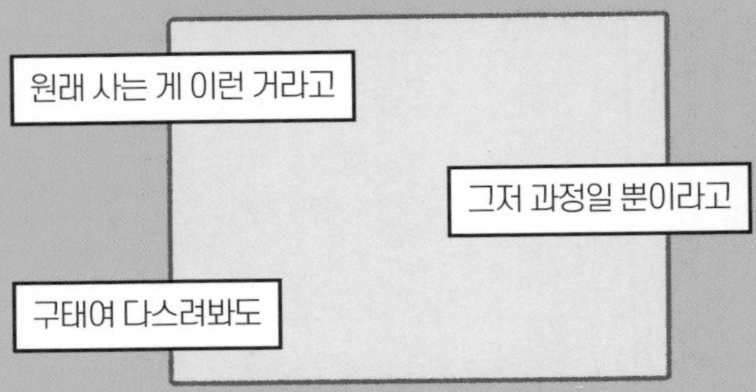

결국
행복해지는
걸까..

남모르게 피어난 못난 마음은
마치 곰팡이처럼 번져

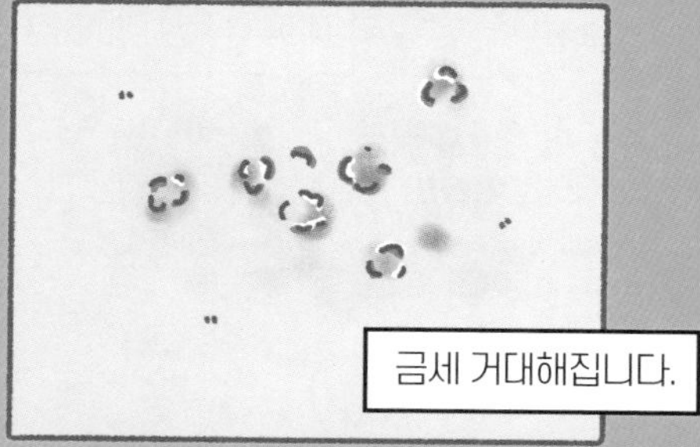
금세 거대해집니다.

그것은 죄책감일 수도
나태함일 수도

그래도 네가 선택한
길인데 끝까지 해야지
힘들다고 그만두면
어떡해..

잃어버린 시절에 대한 그리움일 수도 있습니다.

그렇게 커져버린 마음을
애써 지워낼 때마다 저는

언제 올지 모르는 행복을 위해
빡빡
빡빡
빡빡
빡
빡
오늘을 불행으로 태우는 사람 같았습니다.

07

아무튼 그만두겠습니다 3

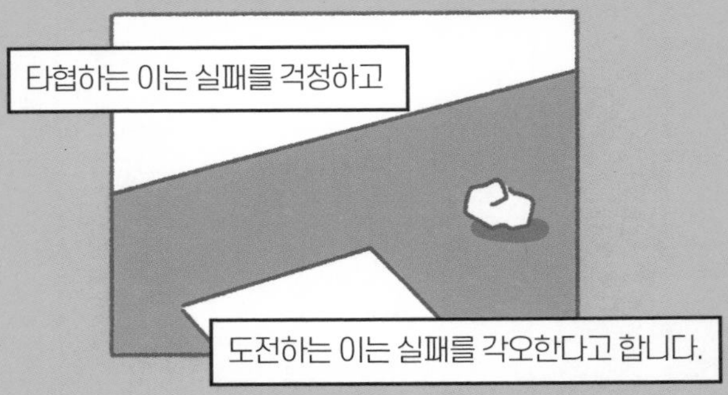

각오를 다짐하기까지
꽤 오랜 시간이 걸린 것 같습니다.

이제껏 제가 자연히 타협을
택해온 사람이기 때문이겠죠.

살아가며 한 번은 마주할
기로임을 알고 있습니다.

08

오해가 이해로 (MBTI)

감정적인 불편함에
꽤나 초연해졌다는 점입니다.

그저 그런 매력이 되어
저를 보다 자유롭게 만들었습니다.

저의 모난 점도 챙길 줄 아는 사람이고 싶습니다.

09

안정적인 사람이란

분명 우울과는 사뭇 다른 모양이었습니다.

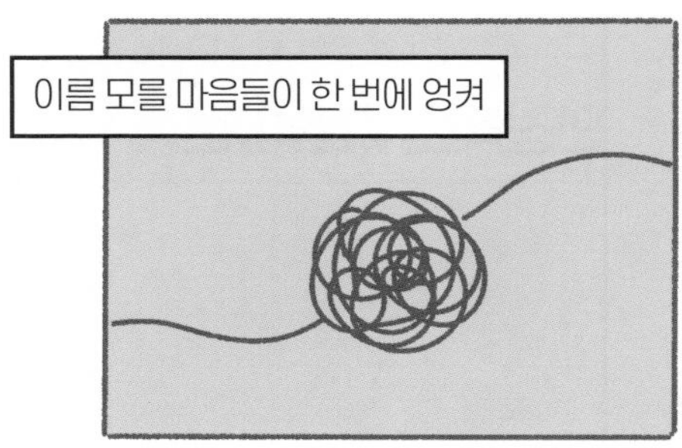
이름 모를 마음들이 한 번에 엉켜

무겁게 울렁이는 형태였죠.
으 메스꺼워..
하루 종일
체한 느낌이네

속 편할 날 없던 격정의 시간이 흐르고
짜증
슬픔
분노
두려움

불안이 얹힌지 반년이 지날 때쯤

하하..불안은
분명 마음이
과식한 상태일 거야

용기를 내 상담을 받았습니다.

어떻게 해야
안정적인 상태로
돌아갈까요?
불안정해서
쉽게 수용하지
못하나 봐요..

안정적인 사람이
모든 것을 참고
수용한다는 걸
뜻하진 않아요

이어진 선생님 말씀에
내가
괜찮지 않으면
그만

채 소화하지 못한 마음을 토해버렸습니다.

매번 긍정적이어야 좋은 사람,
성숙한 사람인 줄 알았다.
어른스럽고 싶은 욕심에 괜찮지 않은데도
애써 괜찮은 척, 참고 지낸 날들이 많았다.

나의 마음이 모두 닳기 전에
'괜찮지 않으면 괜찮지 않다'라고 말하고
'아프면 아프다, 힘들면 힘들다'라고 표현하는
그런 안정적인 사람이 되고 싶다.

10

공든 탑이 벽이 될 때

공들여 세운 탑일수록 소중한 법입니다.

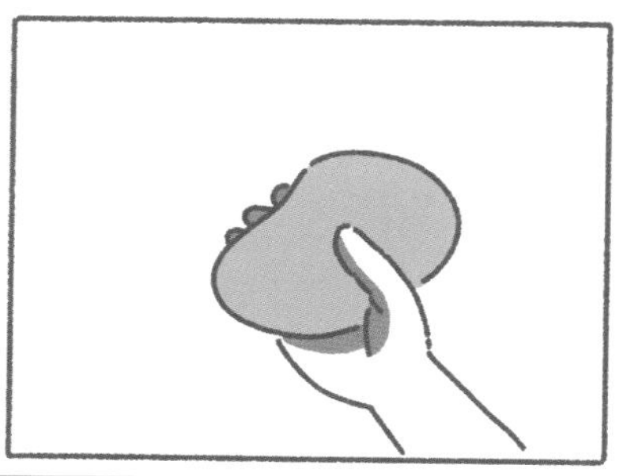

유난히 놓기 어려운 이유도 그 때문이겠죠.

오랜 시간,

아 몰라!
이제 그만할래

그만 손을 놓기로 결심한 그 순간

탑이 무너졌고

그러자

새로운 세상이 펼쳐졌습니다.

내 길이 아니란 걸 알면서도
노력해 온 세월이 아쉬워
놓지 못하는 것들이 있다.

공들여 세운 탑이 무너졌을 때,
탑 너머의 세상은
생각보다 찬란할지 모르니
두려워하지 말자!

11

성숙한 사람

마음이 요동칠 때마다

제게 성숙한 사람이란,

그들은 마주한 감정을 있는 그대로 인정하고

그것에 적절히 응답하는 태도를 지녔습니다.

하지만 제게는

여전히 어려운 일인가 봅니다.

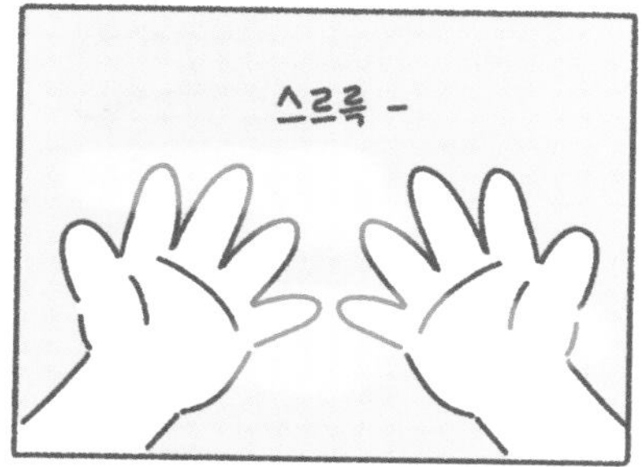

언젠가 있는 그대로 느끼는 모든 마음에
이름 붙이는 어른이 되고 싶습니다.

에잇-!
차라리
다 사라져라

12

삶에도 정답이 있다면

삶에도 정답이 있었으면 싶다가도

막상 알려줘도 내키지 않을
사람이란 걸 잘 알고 있습니다.

생각해 보면 제가 행복하길 가장 바라는 사람은 언제나 저였습니다.

어떤 선택이든
내가 결정한 것이라면
너로
정했다.
그것이 저의 행복과 가장 가까운
길이라는 걸 믿고 싶습니다.

그리고 그 결과에
기꺼이 책임질 줄 아는
어른이고 싶어

후회를 달고 사는 내가
주문처럼 외우는 말이 있다.

"그때의 선택은 그때의 나에게 최선이었어."

누구보다 나의 행복을 바라는 사람은
바로 나 자신이다.

그때의 선택도 나를 위한 선택이었음을
의심하지 말자.

13

나를 사랑한다는 건

69

나를 사랑한다는 건

아닌 척 하면서도

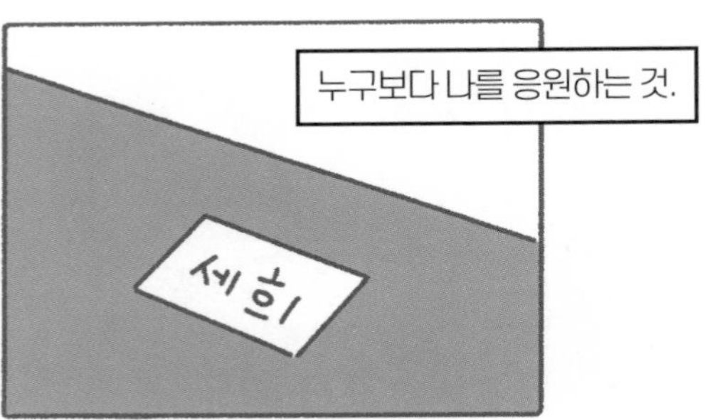

기대에 못 미치는 결과 앞에서

<투표>

복희 正 丅

영희 正 正 下

세희 一

진심으로
나를 위로하는 것.

나 안 한다니까
기어이 투표했네..ㅎ
한 표 너냐?

아니.

엄마, 햄버거는
안 사도 될 것 같아….

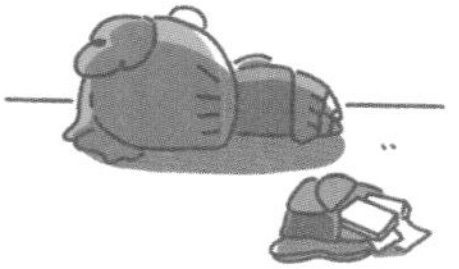

내가 꿈이 없냐, 돈이 없지!

회사에 들어가고 첫 한 달은 정말 좋았다. 근사한 커리어 우먼으로서의 첫발을 내딛는 기분이었다. 게다가 마케터의 길을 한 번도 의심해 본 적이 없기에 당연히 나와 잘 맞을 거라 확신했다. 이렇게 자신했던 데는 이유가 있는데, 그간 내가 쌓아온 스펙이 모두 마케팅에 관한 것들이었기 때문이다. 누가 시켜서 쌓은 게 아니었다. 즐거워서, 하고 싶어서 했던 일들을 모아 보니 모두 마케팅이라는 한 지점을 향해 있던 것이다. 이런 걸 두고 '천직'이라고 하는 게 아닐까?

하지만 현실은 역시 녹록지 않았다. 반복되는 야근과 갈수록 나빠지는 건강, 무엇보다 회사에는 마케팅 외에도 다른 업무가 많았기에 내 생각만큼 주도적으로 일할 수 없었다. 주어진 일을 쳐내기에도 하루가 부족했다. 그 와중에 어렵게 짜낸 내 아이디어들은 빛 한 번 보지 못한 채 대부분 휴지통으로 던져졌다. 그래서일까? 회사 생활이 언젠가부터 즐겁지 않았다. 일의 의미를 잃은 채 무기력해졌다. 난 주체적으로 일하고 싶어 이 길을 선택한 건데…. 남의 돈을 버는 게 쉬운 일이 아니라는 걸 알지만, 주어진 일만 하면서 살고 싶지도 않았다.

혼란스러웠다. 내가 걸어온 길과 세월이 모두 부정당할까 봐 두려웠다. 의심하는 순간 그동안의 노력이 물거품이 되어 버릴까 봐, 그래서 끝까지 그 일을 좋아하는 척했다. 그러던 어느 날, 근무 중에 메시지 하나가 날아왔다. 모니터 화면에 뜨는 '팀장님'이라는 세 글자. 가슴이 쿵쾅거렸다. 순간 속으로 기도했던 기억이 난다.

'제발 저에게 일을 주지 마세요, 제발요!'

일하고 싶어 들어간 회사에서 일이 없기를 바라는 말단 사원이라니. 그날 나는 모든 것을 받아들였다. 나는 이곳이 싫다.

이러한 결론을 마주한 이상, 회사에 오래 머무를 이유는 없었다. 물론 퇴사를 결정하는 건 누구에게도 쉽지 않다. 특히 땡전 한 푼 모으지 못한 사회 초년생들은 넘어야 할 수많은 산이 존재하기 때문에 더욱 그렇다. 통장에 몇백 몇천을 모으고, 부모에게서 독립하고, 적당한 나이에 결혼해 행복한 가정도 일궈야 하기 때문이다. 그 과정에서 안정된 직장은 필수 조건이지 않은가. 그럼에도 나는 나답게 살고 싶었다. 취직할 때가 돼서 취직하고, 혼기가 차서 결혼하는 그런 삶 말고, '나의 오늘과 내일을 내가 결정하는 나다운 삶'을 살고 싶었다. 내가 생각하는 '나다운 삶'은 그리 복잡하지 않다. 척하지 않고 내가 하고 싶은 일을 하며 사는 것이다.

'호랑이는 죽어서 가죽을 남기고, 사람은 죽어서 이름을 남긴다'라는 속담이 있다. 여기서'이름'의 의미는 무엇일까? 명예나 업적, 그런 것보다는 말 그대로 내 이름 석 자, 나 자신을 뜻하는 게 아닐까? 그래서 난 무거운 사원증은 잠시 내려 두고, 초라할지라도 내 모양대로 굴러보기로 했다. 대가가 필요하다고 할지라도, 나는 오롯이 나로 살고 싶었다.

땡전 한 푼 없는 청춘의 사회 초년생. 가진 것도 없으니 잃을 것도 없는, 어쩌면 도전하기 딱 좋은 나이일지도 모른다. 까짓것 실패해도 나답게 살다 실패하련다.

"내가 꿈이 없냐, 돈이 없지!"

PART 2

때로는 어둠도 필요한 거야

01

불안과 잘 지내는 법

76

그저 동요 않는 상태를 유지하는 것이
정답이라고 생각했는데,
여기를
벗어나면
위험하겠지?

나이를 먹다 보니
그것도 그것대로 문제가 생기더군요.

불안이 필연이라 느끼는 요즘에는
그와 잘 지내기 위해 애쓰고 있습니다.

그 첫 단추로 피어오른 모든 마음에
이름을 붙이기 시작했는데요.

언어로 정의 내리는 순간만큼은 안개 같던
감정들이 선명히 가벼워지더라고요.

여러분은 불안을 어떻게
마주하고 계시나요?

모두들 저마다의 그림자와 잘 지내길 소망합니다.

불안이 밀려올 때마다 일기를 쓴다.
마음을 글로 정리하여 써내려가다 보면
안개 같던 불안이 의외로 쉽게 걷힐 수 있다.

항상 불안하지 않을 수는 없겠지만
불안이 필연이라면, 각자의 방법으로
불안과 잘 지냈으면 한다.

02

거품일까 봐

가끔 믿을 수 없는 일이 발생하면

인중이 꿈틀거릴 때가 있습니다.

뭐지?
팔로워 수가…

운 좋게 제 콘텐츠가 알고리즘의
선택을 받은 것인지,
엄청
늘었어…!

이틀 사이 2천 명의
팔로워가 생긴 것입니다.
+2,000
어떻게 했는지는
저도 모르지만
아무튼 해냈죠?

물론 기쁜 일이지요.

사람들이 제 콘텐츠를
공유하고 저장합니다.

난 그렇게
대단한 사람이 아니야!

이번 일은 그저
운일 뿐이라고

큰일이다

다음 콘텐츠를 올리면 볼품없는
제 모습을 들킬 것 같았습니다.

그래서 저는

꽤 오랜 시간,

다음 이야기를 시작하지 못했습니다.

03

늦은 건 없어

더 이상 일어날 힘도, 의지도 없어

얼마나 지났을까.

그래, 늦은 건 없어!

04

살피지 못한 만큼

감정을 오래 방치하면
무슨 말을 하고 싶은 거냐고?

그 속에 숨은 진짜 마음을 찾기 점점 힘들다는 걸
내가 지금 속상한 것 같은데…

여실히 느끼는 요즘입니다.
왜인지는 모르겠어
어디 있어!
뭐가 날 힘들게
하냔 말이야-!
어수선한 감정을 쉬이
정리하지 못하는 저에게

진짜 마음을 발견하기란 꽤 어려운 일인데요.

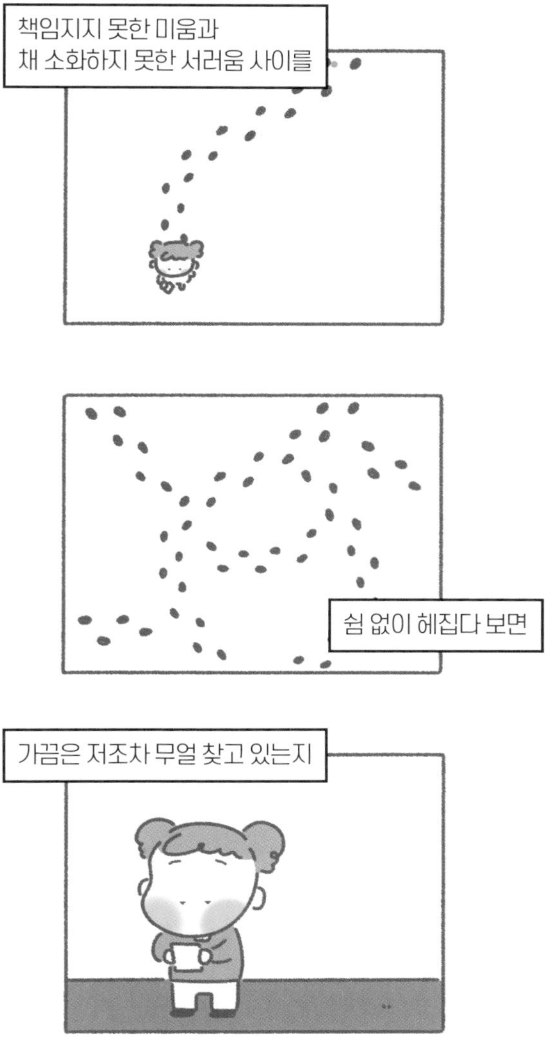

책임지지 못한 미움과
채 소화하지 못한 서러움 사이를

쉼 없이 헤집다 보면

흐릿해지더랍니다.

지금 뭐하고 있는 거지 나..

오늘도 여지없이 이름 모를 마음들이 겹겹이 쌓였습니다.

소란스럽지만 적적합니다.

찾았다….
나를 힘들게 하는 것….

감정을 오래 참다 보면
어떤 게 내 진짜 마음인지 모를 때가 있다.

누군가와 좋은 관계를 유지하기 위해
싫은 내색, 섭섭한 내색을 하지 않다 보면
나중에는 화가 나도 왜 화가 나는지,
내 마음을 어떻게 표현해야 하는지 몰라
혼자 끙끙 앓게 된다.

속상한 마음이 너무 쌓이지 않도록
가끔은 나의 솔직한 감정을 터놓고 대화해보자.

내가 어떤 감정을 느끼는지,
무엇을 원하는지 표현하다 보면
점점 진짜 마음에 가까워질 수 있다.

05

그냥 하는 마음

자주 고민하고
또 자주 두려워하는 저는
한다..
안 한다..
토옥
손이 떨리는 군..
용기와 거리가
먼 사람입니다.
그냥 선택하길
포기하는 걸
선택한다 하하

자라난 나이만큼
마음도 늘어나기 때문일까요?

어쩌면 용기 있다는 건

겁내지 않는 게 아니라
겁나도 하는 것이겠죠.

그냥 하는 마음으로

느리지만 다부지게 나아가길.

새로운 일을 시작할 때, 겁이 나는 건 당연하다.
중요한 건 겁내지 않는 것이 아니라,
겁이 나더라도 묵묵히 전진하는 것이다.

느려도 괜찮으니
그냥 하는 마음으로 용기 있게 나아가자.

······ 06 ······

거지방

한때 핫했던 거지방을 아시나요?

실시간으로 지출 내역을 공유하기 때문에
'돈 쓰면 욕먹는 방'이라고 불렸죠.

아메리카노 3500원

배고픈 어핑핑

커피는 회사에서 타드세요.

김백수

회사요?
지금 저 비하하셨나요?

*거지방 : 절약 노하우를 공유하며 무지출을 유도하는 목적의 오픈 채팅방.

저도 입성해 무지출 챌린지에 도전한 적이 있었는데요.

심각성을 깨달음

형제님
한국에서는
한국말을 먼저
떼셔야지요

하지만 출근길에
자유롭게 톡킹하는 저를
상상해 보시지요
얼마나
멋있게요?

환상입니다.

네. 환상적이겠죠.

?

네가 환상적으로 쓰셨잖아요.

어릴 때 나는 놀이터가 딸린
3층짜리 대 저택에서 살고 싶었다.
옷장에 가기 위해 엘리베이터를 타야만 하는 그런 집.

그냥 그랬다고요… .

07

목적 없는 휴식

그 속은 꽤나 유난스러운데요.

속상한 마음이 머물기 시작하면
결국 오늘도 다 갔군
도대체 하루 종일 뭘 했냔 말이야

금세 다른 마음으로 무겁게 번져버립니다.

다시 시작해야
하는 걸 알면서도
일어나기 어려운
이유는 뭘까..

?

며칠 물을
못 줬더니
그것은 아마
마주하기 두려워서겠죠.
시들어버렸네..

어쩌면 저는 멈춰 있다기보다
뒤로 물러나는 중일지도 모르겠습니다.

이런 개그 못 참는 편

사람은 참 간사하다.
회사에 다닐 때는 그렇게 퇴사하고 싶더니
막상 백수가 되니 뭐가 그렇게 불안한지
하루하루가 막막했다.

아무것도 하지 않고 멈춰 있다는 사실보다는
남들보다 뒤처지고 있다는 생각 때문에
오히려 무력해지기도 했다.

하지만, 지나고 보니 어떠한가!
백수 시절이 무색하게 잘 먹고 잘 살고 있다.
오히려 백수일 때 더 놀아둘 걸 후회하기도 한다.

조급할 필요 없다!

허송세월이라고 생각되는 이 시간도
훗날 아쉬워할 소중한 시기이다.

08

미지근한 감정

어떤 이는 이를 '평온'이라 부르기도 하는데

113

즐겁지 않아도 되니까…

그냥 아무 일이나
생겼으면 좋겠다

'아무 일' 발언은 철회합니다.

일상이 권태로울 때 하면 좋은 일들!

① 대청소하기
② 평소보다 더 깨끗이 씻기
③ 가볍게 산책하거나 운동하기
④ 앨범 정리하기
⑤ 가장 좋아하는 음식 먹기
⑥ 가보지 않은 길로 무작정 걸어보기
⑦ 혼자 카페에 앉아서 사람 구경하기
⑧ 새로운 취미 만들어보기
⑨ 하루쯤은 아무 것도 하지 않고 누워 있기
⑩ 보고 싶은 가족, 친구에게 안부 연락하기

09

오늘을 살지 못하는

116

오늘을 살지 못할 때가 있습니다.

10

될대로 되라지

예전에는 문제가 생기면 어떻게든 해결해야 하는 줄 알았습니다.

그래서인지 제 하루의 대부분은 걱정으로 차기 일쑤였습니다.

풀리지도 않는, 풀 수도 없는 문제를 붙잡느라

어차피 시간이 해결해주는 일이었습니다.

그냥 내버려두기로 했습니다.

어느 순간부터 어찌할 수 없는
문제에 대해 크게 걱정하지 않는다.
안 그래도 적은 에너지를 그런 곳에 허비하는 건
시간 낭비, 에너지 낭비이기 때문이다.

어쩌면 자연스레 어른의 생존 방식을
터득한 걸지도 모르겠다.

아무렴 상관없다. 중요한 건,
모든 걸 해결하며 살 필요는 없다는 것이다.

11

유독 잠들지 못한 밤

그날은 쉬이
잠에 들지 못했습니다.

돌이켜보니 나의 오늘에

오롯이 나를 위한 시간은 없었다는 사실이

문득 속상했던 모양입니다.

어쩌면 오늘과 같을 내일을 맞이할 준비가
되지 않았을지도 모르죠.

자야 되는데
잠들기 싫어

결국 나를 위한 위로를 쓰며
새벽의 아쉬움을 달랩니다.

각 잡고 시작하면
잠이 쏟아지는 편
Zzz

12

넘어져도 괜찮으니

저는 작은 반응에 쉽게 넘어지지만

또 금방 털고 일어난다는 점에서
꽤 긍정적인 사람입니다.

그럼에도 심각해지지 않을 착실한
마음으로 굳세게 살아가렵니다.

역시 억까가 분명하다

< 다음날 8 : 30 PM >

퇴근을 시켜주든가
마라탕을 시켜주든가

타닥
타닥

목마르면 물 마시면 되고
배고프면 밥 먹으면 되듯이
무너지면 쌓으면 되고,
넘어지면 일어나면 되지.

13

꽃길

악-!!
철푸덕
아야!!

까악
까악

지나온 후에야 그 길이
꽃길인 걸 알 수 있었습니다.

힘들고 괴로운 길도
지나고 나면 다 좋은 거름이었어.

지금 가는 이 길이 고단하다면
머릿속으로 되뇌자.

'내 뒤로 꽃길이 만들어지고 있구나!'

14

용기가 필요한 게 아냐

'못해도 괜찮아'라는 말이 더 위로된다면

넌 지금 용기를 얻고 싶은 게 아니라

부담을 덜고 싶은 거야.

대체로 최악을 선택하는 사람

나는 확실히 운이 없는 편이다. 얼마나 없냐면,

주머니에 넣어둔 물건을 찾기 위해 양쪽 주머니 중 한 곳에 손을 넣으면 꼭 반대쪽에 물건이 있다. 약속 장소에 일찍 도착하기 위해 택시를 타면 그날은 꼭 차가 막힌다. 우산을 챙겨 갈지 고민하다, 결국 챙기지 않으면 안 올 비도 온다. 이렇게 말해야 하는 게 좀 슬프지만, 머리가 나쁘다고 보는 게 맞을지도 모르겠다. 어찌 되었든 내가 고른 선택지들은 대체로 최악의 결과를 가져왔다.

20대 초반, 하루하루가 불안하고 막막하던 대학 시절. 이런 불운에서 벗어나고 싶었다. 취업에도 운이 필요하다는 주변의 말에 초조해졌기 때문이다. 얄궂은 운명과 싸워 이기고 싶었던 나는 동아리, 공모전, 대외 활동, 펀딩, 인턴 등 스펙에 도움 된다는 것들은 무엇이든 참여했다. 대학교 3학년, 당시 24학점을 듣던 때였다. 그야말로 '갓생', 내 인생에서 가장 열심히 살았던 시기다. 지성이면 감천이라고, 이 정도면 각종 스트레스와 갓생을 위해 포기한 건강도 내게 감동해 행운을 내려줄 줄 알았다. 하지만 나는 당연하게도 초인이 아니었다.

기를 쓰던 한 학기가 마무리되고, 드디어 마지막 전공 수업의 기말고사 시험 날이 되었다. 그날 나는 거짓말처럼 늦잠을 자 시험을 보지 못했다. 맙소사! 그동안 몸을 갈아 넣은 대가를 하필 마지막 날, 가장 중요한 날에 치른 것이다. 열심히 한 결과가 고작 시험 날의 늦잠이라고? 말 그대로 최악의 결과 아닌가!

"얄미워 죽겠네."

무슨 일 있냐는 친구들의 연락에 나도 모르게 이렇게 대답한 기억이 난다. 지금 생각해 보면 그 한마디는, 뭐라도 탓하고 싶었던 나의 소심한 투정이었던 것 같다. 제시간에 깨지 못한 나의 몸뚱어리, 밤을 새우더라도 끝내야 했던 전날의 프로젝트, 평소보다 작았던 알람 소리, 하필 아침에 시작된 전공 시험. 전부 미워해 봤지만 달라지는 건 아무것도 없었다. 남은 건 망쳐버린 학점뿐. 그날 나는 마음을 고쳐먹었다.

"그래, 졌다 졌어. 행운 없이도 잘 먹고 잘 살아본다, 내가!"

PART 3

서툴지 않은 사람이 어디 있겠어

01

사랑의 다른 이름

얼마 전,
제가 간호사로 일할 당시 이야기인데

동료의 이야기를 들었습니다.
한 학생이 중환자실에서 생을 마감한 적이 있었거든요

옆에서 마지막
모습을 힘겹게
지켜보시던 부모님이

아이가 숨을
거두자마자 서로
꼭 끌어안더라구요

가끔 길에서
손잡고 다니는
부부를 보면

두 분이
생각나요…

비극은 그 누구도 원해서 찾아오지
않는다는 것을 깨달았을 때

비로소 알게 되었습니다.
조금
부끄럽네요

세상에는 훨씬 소중한 것들이
있다는 걸 말이죠.
그동안 저는
눈에 보이는 것만
생각한 것 같아요
직업, 학벌,
외모 같은
그런 게
뭐가 중요하다고
어쩌면 사랑의 다른 이름은
'그럼에도 불구하고'일지 모르겠습니다.

우리에게 견디기 힘든 시련이 닥치더라도

그럼에도 불구하고

너와 함께라면 극복할 수 있을 거라고

너와 함께 이겨내고 싶을 거라고

부디 우리가 서로에게 그런 존재이길….

02

네가 미운 걸까? 내가 미운 걸까?

우리는 타인을 통해
각자의 소망을 발견하기도 합니다.

특히 미움의
감정을 느낄 때
더욱 선명해지는데
맨날 팀장님께 아부하는 거
보면 미워죽겠다니까?
응응

저렇게까지
해야 되나 싶고…
누군가를 미워하는 마음속에는

아~ 팀장님께
예쁨 받아서 부럽다고?
억눌렸던 내면의 바람과 외면했던
자신의 초라함이 숨어 있기 때문이죠.

중요한 것도
아닌데
대충하자

난 나중에
엄마 사업이나
물려 받으려고
나도ㅋㅋ

열심히 하지 않는 이들을
미워했던 이유는,

제가 열심히 해야 하는
사람이기 때문일지 모르겠습니다.

혹시나 해서 ㅎ

열심히 살지 않은 누군가를 미워했던 시절이 있었다.

부모님의 회사를 물려받겠다고
떵떵거리던 그녀에게 알려주고 싶었다.
그런 식으로 생활한다면 너희 부모님은
네가 아닌 너희 오빠에게 회사를 물려줄 거라고.

세상의 이치도 모르는 네가,
친한 직원들은 모두 월급을 올려줄 거라고 큰소리치는 네가,
어떻게 사장의 자리에 앉아 회사를 유지하겠냐고.
그걸 알려주고 싶어 '기업 경영의 원리'라는
인터넷 강의까지 들은 기억이 난다.

솔직히 말하면 그녀가 나로 인해 깨달았으면 했다.
녹록지 않은 세상에 굴복했으면 해,
울면서 나에게 왔으면 했다.
그럼 난 당당히 말할 수 있겠지.

"거봐, 내 말이 맞지?"

난 그저 내가 맞다는 것을 확인하고 싶었다.
이렇게 아등바등 살아가는 것이 잘 사는 삶이라는 것을.
그녀 때문에 무너지는 내 신념을 지키고 싶어
울분을 토했던 것이다.

03

빈틈 있는 사람 I

믿었던 특별함이
우리는
다를 거야!

가장 보통의 것이었음을 알게 된 순간

처음으로 외로움이란 감정을
느낀 것 같습니다.

마치 한순간도 혼자 지내본 적이 없는 것처럼

덩그러니 홀로 놓인 저를 마주하는 일은
생각보다 낯설었습니다.

04

빈틈 있는 사람 2

평생 함께 할 것 같던 관계가 틀어지고

애정하던 이들이 하나둘 멀어질 때마다

홀로 서는 법에 대해 생각했습니다.

그런데 난 왜 이리
익숙해지지 않는 걸까

마음은 떼어준 만큼
외로워지는 걸까요?

빈자리를 매만지는 일이 늘어날수록

틈을 내어주지 않겠다
다짐하는 일도 잦아졌습니다.

이제 진짜
정을 주지
않을 테야

그렇게 저는 스스로를
좁은 곳에 구겨 넣으며

마음의 문을 꼭꼭 걸어 잠갔습니다.

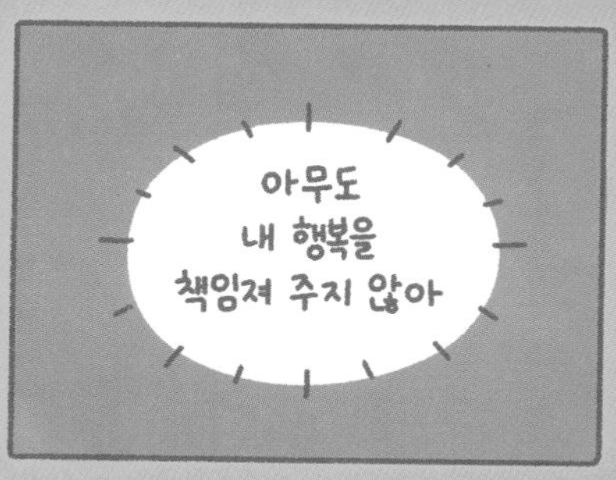

05

빈틈 있는 사람 3

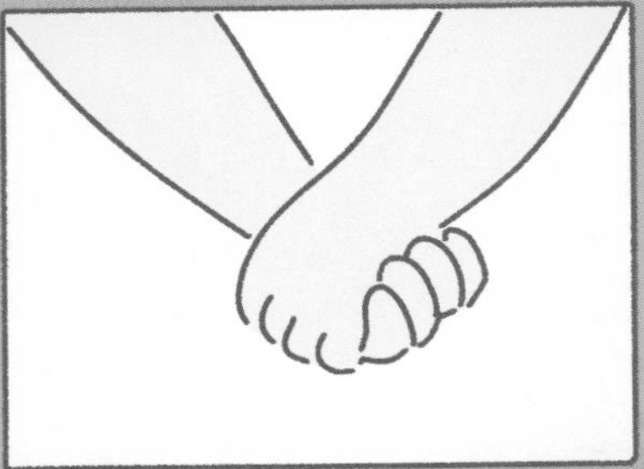

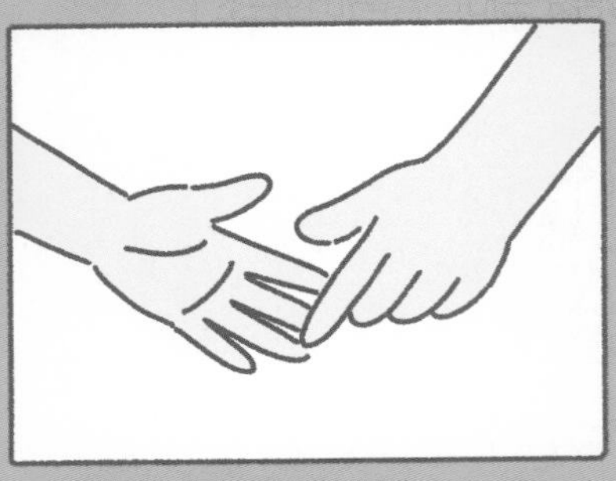

바람대로 틈을 내어주지
않는 데는 성공했지만

. . .

그렇다고 외롭지 않은 건 또 아니더군요.

진짜 나를 인정할 수
있게 되었습니다.

난 내가
상처받기 싫은 줄
알았는데

사랑 받고
싶은 거였나봐

······ 06 ······

빈틈 있는 사람 4

만남에 기뻐하고

이별에 슬퍼할 줄 아는 사람이
용기 있는 사람이라는 걸.

자신의 빈틈을 솔직하게 내보일 줄 아는 사람이

가장 사랑스럽다는 것을 말이죠.

좋아해도 아닌 척,

신경 쓰여도 쿨한 척,

속상해도 괜찮은 척.
아냐, 나
아무렇지 않아!
괜찮아
ㅎㅎ

왜 그런 일에
애쓰며
살았을까

어쩌면 저를 외롭게 한 것은
되게
바보 같았네,
나

그가 아닌, 저일지도 모르겠습니다.

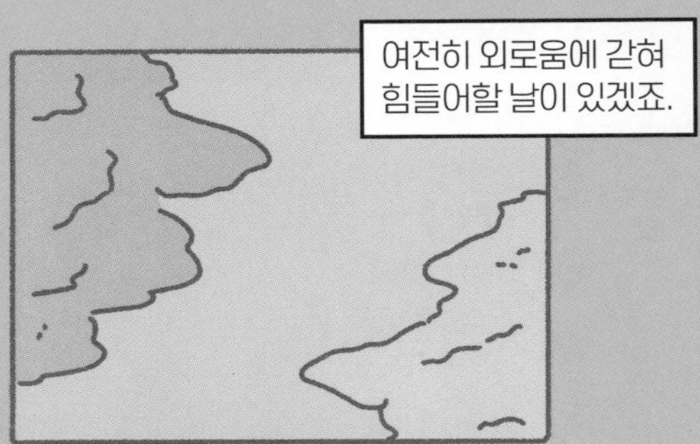

조그마한 빈틈을 열어두려 합니다.

누군가 들어올 때

기꺼이 내어줄 수 있도록.

07

오래된 일기장

173

오랜만에 학창시절에 쓰던
일기를 읽어보았습니다.

그러게,

지나고 보면 별것도 아닌데.

다음 날

지나고 보면 대부분 별거 아니잖아.
지금 힘든 것도 곧 별게 아닌 날이
반드시 올 거야.

08

애써 증명하는 삶

사람은 자신의 결핍을 언어로
채우려는 경향이 있다고 합니다.

나의 못난 부분을
들키고 싶지 않은 마음

너 같은 거
신경 안 써 ㅋ
난 멋진
사람이니까…☆

스스로 충족된 사람이길 바라는
심리 때문이라고 하는데요.

어머! 나 번호
따였잖아
일부러 대충
입고 나왔는데

못살아ㅠㅠ

사실 신경쓰이지만 남들이 보기에는
쿨한 사람이었으면 좋겠음.

사실 대단히 꾸몄는데 남들이
보기에는 막 입어도 인정 받는
미모의 소유자였으면 좋겠음.

저 역시 누군가 알아봐주길 바라는 마음에
애쓰던 시절이 있었습니다.
대충해서
보여주기
좀 그런데…
뒤적
뒤적

사실 영혼을 갈아 넣었지만
네가 보기에는 대충 해도
멋진 작업물이었으면 좋겠음.

여러분은 어떠신가요?

언젠가는 애써 증명하지 않아도

자연스럽게 풍기는 사람이고 싶습니다.

사춘기 여중생 시절의 나는
이성에게 인기가 많은 여자이고 싶었다.
그래서 고백을 받는 즉시 친구들에게 은근하게 자랑하곤 했다.
내가 이렇게나 인기 많은 사람이라는 걸
모두가 알아주었으면 했다.

나의 이 알량한 마음이 오히려 내 결핍을
드러내는 꼴이 되었다고 생각하면
창피해서 쥐구멍에라도 들어가고픈 심정이다.

내가 만들고 싶은 나의 이미지를 굳이 언어로 알리지 말자.
그것이 나의 멋을 지키는 길이다.

모두 나와 같은 실수를 저지르지 않길 바라며,
당시 나의 모습을 기억하는 친구들이 있다면
부디 너른 마음으로 잊어주었으면 한다.

09

다래끼

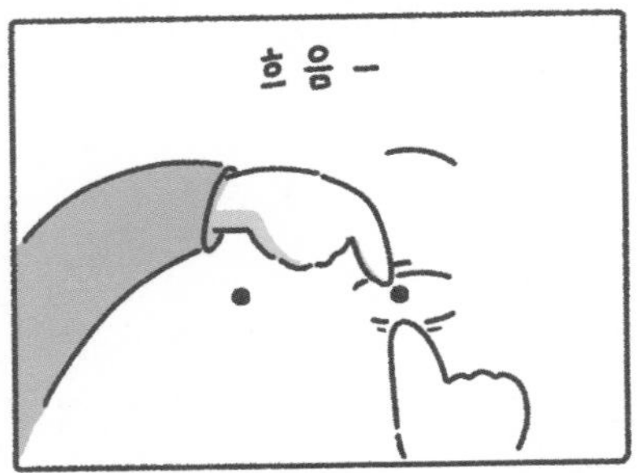

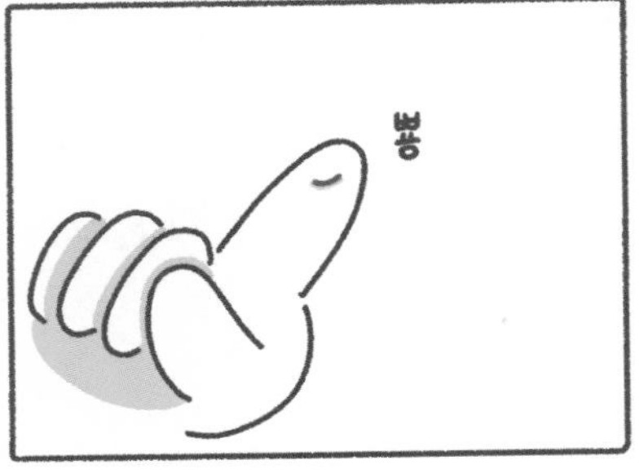

제 기능만 간신히 해내는 속눈썹을
속눈썹이 머리카락처럼 자란다면 얼마나 좋을까
원망하던 어느 날,
큰 맘 먹고 투자를 결심했습니다.
오호 속눈썹도 영양제가 있네?

끙끙

184

그렇게 꾸준히 바르지

일주일이 지났는데요.

10

너 잘한다

아냐
나 잘 못해!!

이것보다
잘 그리는
사람 많은 걸

ㄱㄱㄱㄱ
여기도
삐뚤삐뚤하고
&@~#@%

봐봐
이것도 그냥
@~#@%
아…
그래?
크크크

알았어 흐흐

못한다는 걸 굳이 나서서 증명할 필요는 없습니다.

'겸손'이라는 이유 때문에
내 가치를 스스로 깎아내리지 않았으면 좋겠다.

내가 나를 인정하지 않는다면
누가 나를 인정해주겠어?

누군가 나를 칭찬한다면
"아니야"가 아닌, "고마워"로 대답하자!

• • • • • • 11 • • • • • •

우리집 돼지

우리 집에는

돼지 한 마리가 살고 있습니다.

올해 수험생인 동생은 곧 수능을 치르게 되는데요.

워낙 자기 이야기를 하지 않는 친구라 그런지

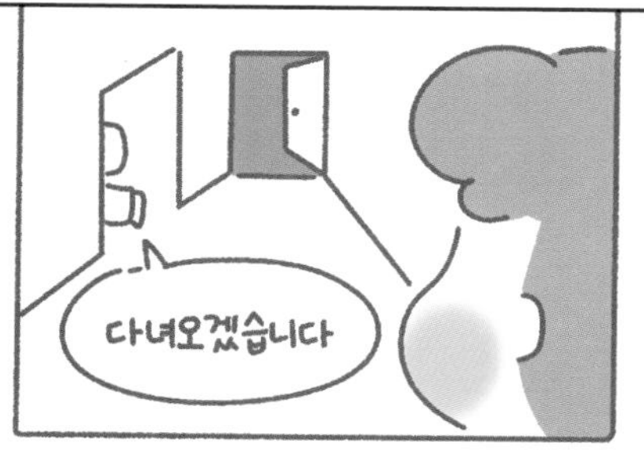

오늘따라 문제집 쌓인 동생의 방이

찐하게 느껴졌습니다.
치킨이나
사줄까

공부 중인가
고객님이
전화를
받을 수 없어
...

내동생곱슬머리
누구세요
오후 6:58

차라리
돼지를
키우는 게 낫지

어디 내놓기
부끄러운 내 동생

12

드러내기 어려울수록

변하기 쉬운 만큼 꺼내기 난감합니다.

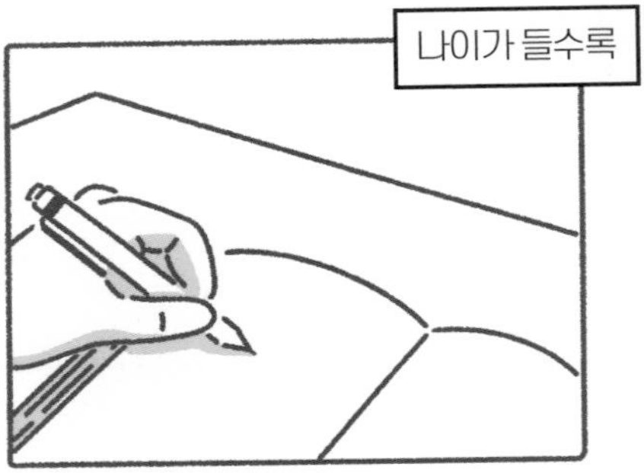

나이가 들수록

마음 터놓을 관계가
사라지는 것도 이 때문이겠죠.

누군가 자신의 감정을 힘겹게 내보이면
기꺼이 이야기하고 싶습니다.

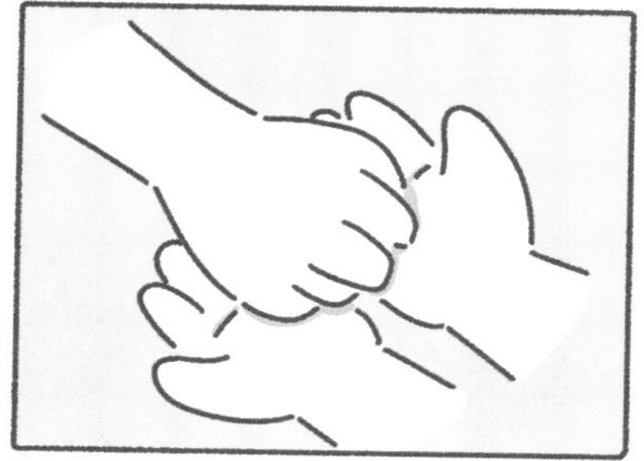

너의 솔직한 모습을 알려줘서
고맙다고 말이죠.

취급주의라고 했잖아…!

어렵게 꺼내는 이야기란 걸 알아서
잊지 않고 소중히 새기고 싶은데
참, 말처럼 쉽지 않은 것 같아.

말하기 불편한 마음마저
진실하게 전해주는
고마운 그들에게 용기를 내보자.

…알려줘서 고마워!

13

먹기 위해 사는 사람의 고찰

먹기 위해 사는 사람인 만큼
음식은 제 삶에 큰 부분을 차지하는데요.

생각해 보면 그 속에는

다양한 마음이

함께 했던 것 같습니다.

숱한 수저질로 떠낸 감정들은
늘 새롭고 낯설어

가끔은 소화하기 버겁기도 합니다.
으으…
너무
급했나, 나

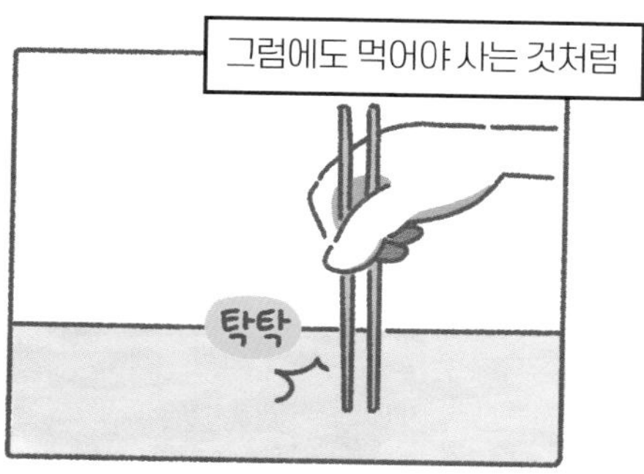
그럼에도 먹어야 사는 것처럼
탁탁

이 또한 삼켜야 삶이라 할 수 있겠죠.

다채로운 마음을 채우고 소화하며

또 비워내는 사람이고 싶습니다.

비워내라 했잖아….

먹고 싶은 것만 먹으며 살 수 없듯이,
느끼고 싶은 감정만 느끼며 살 수는 없겠지.

중요한 것은
모난 감정도, 벅찬 감정도
다 나에게 필요한 양분이라는 것!

난 한 번도 진짜 사랑을 해본 적이 없어!

언젠가 친구가 말했다. 연애와 사랑은 다르다고. 그저 자존심을 내세우며 감정 싸움하는 것은 사랑이 아니라고 했다. 그러면서 진짜 사랑은 서로의 초라한 모습을 바라볼 수 있어야 한다고 덧붙였다. 처음에는 그 말이 무슨 뜻인지 몰랐다.

연애를 많이 한 건 아니지만, 꾸준히는 한 것 같다. 매번 비슷한 이유로 차고 차였다. 나의 연애 스타일을 한마디로 표현하자면 '가면 쓴 고구마'. 유독 남자 친구 앞에만 서면 자존감이 낮아졌던 나는 항상 그가 떠날까 두려웠다. 그에게 내 모든 모습을 보여주면 결국 내가 상처받을 거라 생각했다. 그래서 상대방이 원할 것 같은 가면을 쓰고 연애했다. 설령 그것이 나와 맞지 않는 가면이라도 말이다. 그러다 보니 만남이 그리 편하지 않았다. 답답하고 텁텁한 게 마치 목 막히는 '고구마' 같았다.

그중 내가 애용한 가면은 '쿨한 척'이었다. 나는 유독 집착하지 않는 것에 집착했다. 사소한 것에 섭섭해하는 나를 상상하면 좀스러워 참을 수 없었다. 하루는 남자 친구와 그의 이성 친구가 단둘이 술을 마신단다. 평소와

달리 연락이 뜸한 그에게 심술이 났던 나는, 2차로 넘어왔다는 그의 짧은 답장을 읽지 않기로 했다. 그건 마지막 자존심이었다. 솔직히 말하자면, 내가 답장하지 않아도 그에게 계속 연락이 오길 바랐다. 하지만 바람과는 달리 '나의 남자 친구'는 그 연락을 끝으로 홀연 사라지고 말았다. '무슨 일이지? 너무 취해서 정신이 없는 걸까? 가다가 사고라도 난 걸까? 아니면 혹시 그 여자랑…?' 나 홀로 상상의 드라마를 쓰며 꼬박 밤을 새웠다. 다음 날 아침, 그는 내게 진심으로 사과했다. 술을 많이 마셔 집에 들어오자마자 뻗어버렸다는 말도 잊지 않았다. 그의 말은 진짜인 듯했지만 섭섭한 건 어쩔 수 없었다. 그래도 난 티 내고 싶지 않았다. 삐죽해진 입꼬리를 애써 내리며 미안해하는 그에게 웃으며 대답했다.

"괜찮아, 내가 자느라 문자 확인을 못 했네."

모든 관계가 그렇듯 솔직하지 못한 사이는 그리 오래 가지 못한다. 누군가는 맞추기만 하는 내 모습을 시시해 했고, 어떤 연애에서는 내가 지쳐 나가떨어지기도 했다. 세 번째 남자 친구와 헤어졌을 때쯤 친구의 말을 이해할 수 있었다. 난 연애만 하려고 했지, 상대와 진짜 사랑을 하려 한 게 아니었다.

고백하건대 나는 비혼주의가 아니다. 오히려 결혼하고 싶은 쪽에 가깝다. 이런 내가 진짜 사랑을 하지 않았다니. 나를 보호한다고 믿었던 가면이

오히려 내 사랑을 방해하고 있었다. 맞다, 난 사랑에 대해 아무것도 모른다. 그 사실이 억울하게 느껴졌다. 이 세상에 배울 게 얼마나 많은데 나는 남들이 다 하고 사는 사랑마저 배워야 하는 사람이구나. 하지만 어쩌겠어. 사랑을 모르는 사람이 진짜 사랑을 하고 싶다면 공부하는 수밖에. 내 사랑에는 노력이 필요했다.

한 정신의학과 전문의가 했던 말이 떠오른다. '연애는 마음에 드는 책을 사는 것과 같지만 사랑은 구매한 책의 내용을 꼼꼼히 살피고 이해하는 과정'이라고 한다. 내가 생각하는 사랑도 이와 같다. 상대의 가치관과 취향을 이해하고 헤아리며 못난 점도 기꺼이 안고 가는 자세. 그 과정에서 나의 진짜 바람을 발견할 수도, 옹졸한 내면을 직시할 수도 있다. 지금 생각해 보면 난 그저 사랑받고 싶었던 것 같다. 그가 오래오래 내 곁에 있기를, 말하지 않아도 나와 같은 마음이기를 바랐다. 20대 초중반의 나는 애인에게 이 초라한 마음을 감추기 급급했고 그 때문에 모든 연애에서 똑같은 결과를 맞이했다.

사랑은 여전히 나에게 큰 숙제다. 하지만 분명한 것은 거짓으로 쌓아 올린 관계는 결국 무너진다는 점이다. 지난 경험을 바탕으로 나는 조금 더 솔직해져 보기로 했다. 더 이상 나의 못난 점과 초라한 모습을 포장하지 않기로 했다. 이는 불만을 마구잡이로 표출하는 것과는 다르다. 내가 원하는 것을 솔직하고 분명히 표현하겠다는 것이다. '척'해야 유지되는 관계라면 그 사랑은 이미 진짜 사랑이 아니기에.

LOADING

PART 4

나를 지키며 나아가는 법

01

미움 총량의 법칙

누군가를 미워하다 깨달은 것이 있다면

타인에 대한 불필요한 마음이
나의 일상을 망치고 있다는 걸 자각한 순간

누군가를 미워하는 게
얼마나 부질없는 일인지 깨닫게 되죠.

누군가 내 뒷담화를 했다는 이야기를 들었다.

"걔 여기저기 옮겨붙으면서 친한 척하잖아! 별로야."

아무리 그래도 그렇지. 사람한테 옮겨붙는다니.
어린 나이에 그런 직접적인 욕은 처음이라
심장이 두근거렸던 기억이 난다.

내가 그렇게 나대며 놀았나? 무슨 오해가 있었던 게 아닐까?
앞으로는 친구들한테 너무 친한 척하지 말아야겠다.

나를 미워하는 이를 의식하며 미움받지 않기 위해
스스로를 검열하기도 했다.
하지만 내가 조심한다고 해서
나에 대한 그의 시선이 변화한 건 아니었다.

그렇게 한 학기 동안 친구를 신경 쓰며 깨달은 사실은
'미움의 감정은 결국 내가 아닌,
그 사람이 소화해야 할 감정'이라는 것이다.
온전히 그의 감정이기 때문에 나는 신경 쓰지 말고
내 일에 집중하며 내 감정을 돌보는 것이 정답이었다.

누군가가 나를 미워한다면 명심하자.
결국 그는 나를 미워하지 않기 위해 애쓸 날이 올 것이다.

02

비교

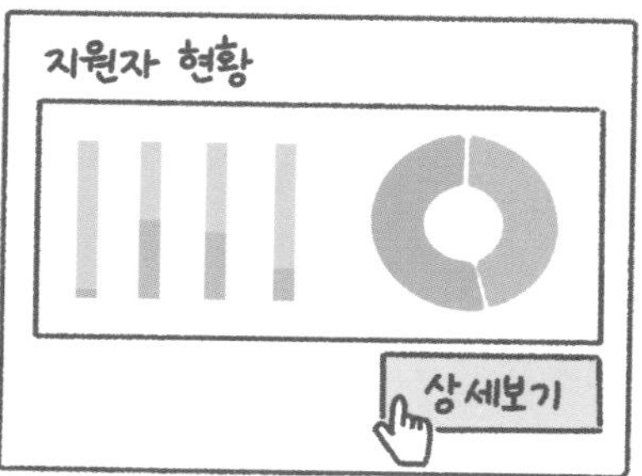

경쟁 지원자의 스펙을 확인하는 것이었습니다.

03

타인의 시선에 흔들리지 않으려다

그들에게 너무 많은 기대를
쏟지 말아야 합니다.

자주 눈물을 보였습니다.

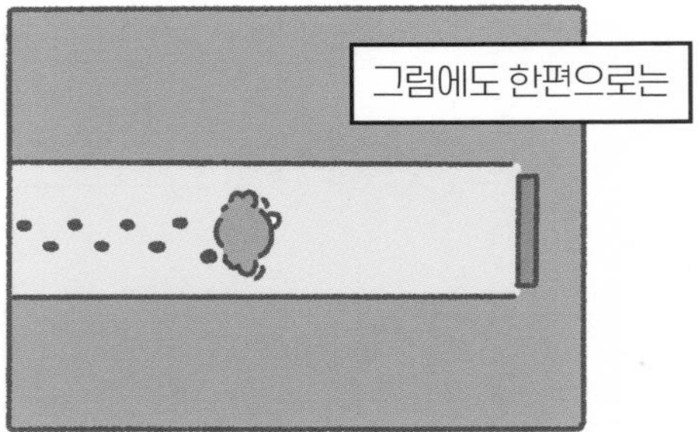
그럼에도 한편으로는

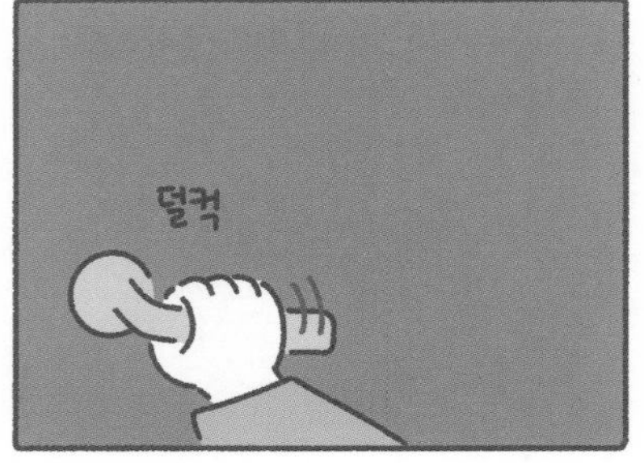
덜컥

그때의 제가 그립습니다.

모두를 애정했던 날들을요.

나이를 먹을수록 누군가에게
감정적인 에너지를 쏟는 것이 버거워진다.

내 몸 하나, 내 인생 하나 신경 쓰기도 바빠
주변을 돌볼 여유가 점점 사라지기 때문일까?

친구도 이해관계가 맞아야 만나고,
애인도 현실적인 조건이 맞아야 만나게 된다.

나를 지키기 위함이라는 것을 알지만
가끔은 아무것도 재지 않고 애정했던
순수한 날들이 그리울 때가 있다.

04

딸을 닮은 엄마 I

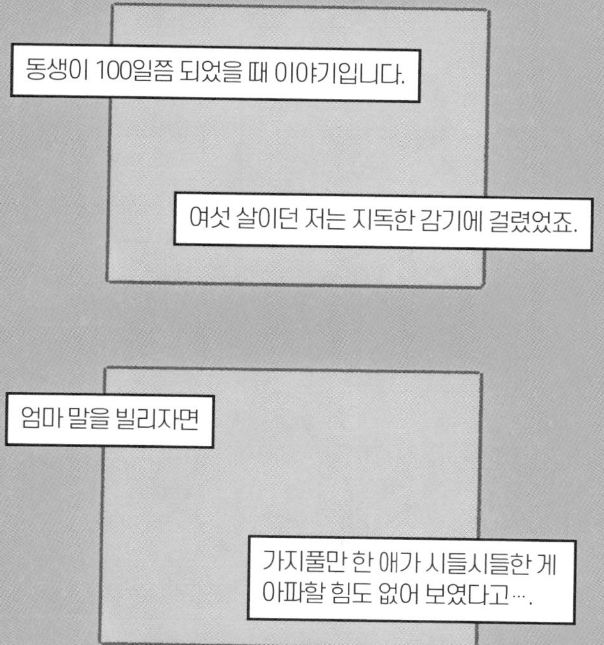
동생이 100일쯤 되었을 때 이야기입니다.
여섯 살이던 저는 지독한 감기에 걸렸었죠.
엄마 말을 빌리자면
가지풀만 한 애가 시들시들한 게 아파할 힘도 없어 보였다고….

남편의 출장으로
두 아이를 홀로 돌봐온 그녀는

딸의 상태를 보자마자

100일 된 갓난아이를
포대기에 감싸 묶었죠.

그러고는

제 몸 하나 못 가누는 딸을
들쳐 안은 채

무작정 병원으로 나섰습니다.

당시 우리 집은 마을버스
종착역인 등산로 입구,
그러니까 마을의
맨 꼭대기에 있었는데

그 긴 내리막을

223

자동차도,
유모차도 없이
내달린 것이죠.

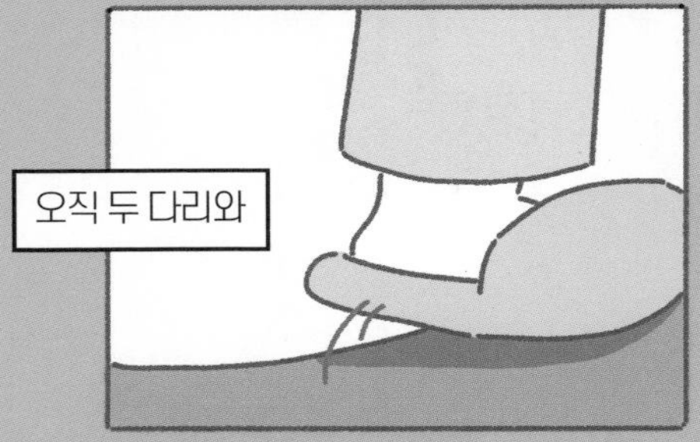
오직 두 다리와

엄마라는 사명에 의지한 채로….
헉헉
헉헉

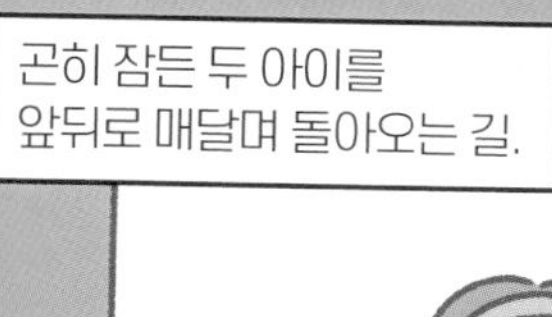

곤히 잠든 두 아이를
앞뒤로 매달며 돌아오는 길.

행여 자식들이 깰까
턱 끝까지 찬 숨을 삼키며
언덕을 올랐고

퇴근한 남편에게 전화가 와서야

홀로 견딘 설움을 토할 수 있었답니다.

226

당시 그녀의 나이는

29세였습니다.

05

딸을 닮은 엄마 2

어른이 되면 자연히 얻어지는 것들이 있는 줄 알았습니다.

엄마도 그런 이름 중 하나라 생각했습니다.

안정적인 직업을 가지고

독립 한 후

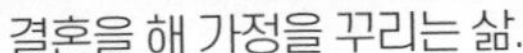

이 모든 게 당연할 줄 알았습니다.

어느덧 제 나이,
엄마가 엄마가 된 나이를 훌쩍 넘겼지만
내가 벌써 27살인데

여전히 어느 것도 이루지 못한 걸 보면
안정적인 직업
독립
결혼
느낄 수 있습니다.

엄마는 어떻게 23살에 날 낳은 거야?
엄마는 엄마가 되기 위해
매 순간 치열했다는 것을요.

훗날 자신의 품을 떠날 자식에 대한 섭섭함과

우리 딸 다 컸네

웅! 일찍할래

여전히 작고 맑은 딸에게

그 어떤 슬픔도 물려주지 않겠다는
다짐 같은 것이었습니다.

06

딸을 닮은 엄마 3

문득 내가 모르는
그녀의 시절이 궁금해졌습니다.
엄마도
나와 같은
시절이 있었겠지

엄마는 어떤 소녀였을까?

어떤 꿈을 꿨을까?
?!

그 꿈을 이루며 살고 있는 걸까?

적어도, 누군가를 지키기 위해
자신의 삶을 내려놓는 일은

어린 소녀가 상상하기엔
너무 감당하기 벅찬 무게였겠죠.

엄마
응?

엄마는 꿈이 뭐였어?
꿈?
응

글쎄…
하도 오래 돼서
기억도 안 나네?
에이~
거짓말

음…
엄마는

우리 딸처럼
그림을 그리고 싶었어
정말?!
그럼~

그래서 요즘
우리 딸 보면
정말 뿌듯해

어쩌면 제가 꿈을 이루며 사는 게

세희는…

현재 그녀의 꿈일지도
모르겠다는 생각이 들었습니다.
엄마를 닮았어

칫

이제는 제가 엄마를 지킬 차례라고….

07

자존감

며칠 전에 친구들을 만났습니다.

오랜만에 보는 거라
기분 좋게 한잔하기로 했죠.

239

슬슬 회사로
돌아가야지
않겠어?
?

...
현실적으로
생각해야지
그래
나이도 있는데

걔네가 그러더라.
그, 그렇긴
하지….
다 널 위한 소리라고.

그렇게 친구들이랑 헤어지고
집으로 돌아오는데
조심히
들어가 ~

뭐가 툭 떨어지는 거 있죠?
?

뭐지?

자존감이었습니다.

나라도 주워야지….

주위에 꼭 있다.
내가 하는 일을 깎아내리며 훈수 두는 사람.
소위 '자존감 도둑'이라고 불리는 이들이
말끝마다 덧붙이는 문장이 있다.

"다 너를 위해 하는 소리야."

나를 존중하지 않는 이들에게 상처받을 필요 없다.
그들이 하는 소리는 절대 나를 위한 말이 아니다.

내 자존감을 좀 먹는 도둑들에게 당당하게 말하련다.
나를 위한 소리는 용돈이나 쥐여주고 해!

08

착한 아이 콤플렉스

저에게 그것은 누군가와의
관계를 유지하는 연결 고리였죠.
배려

제가 쌓아온 것을 잃고 싶지 않아서
항상 그들에게 맞추며 지내왔죠.
괜찮아
괜찮아ㅎㅎ

그런데 이제는
너는
착하잖아

그 이름이 발목을 잡더군요.

너 부담이
컸구나

언젠가 '착한 사람'의 이야기를 들은 적이 있다.

그는 언제나 남들을 먼저 생각하는 착한 친구였고,
회사에서도 궂은일을 도맡아 하는 착한 동료였으며
부모님 속 한 번 썩인 적 없는 착한 아들딸이었다.
하지만 의외로 이들은 착하다는 말을 좋아하지 않았다.

"착하다는 말을 하도 많이 들어서 정말 착해야만 될 것 같아요."

그들에게 착함이란 자랑스러운 타이틀이 아닌
부담스러운 꼬리표였다.

어쩌면 착한 사람은,
착해야만 하는 상처 많은 사람일지 모르겠다.

09

회복 탄력성

다들 주변 사람들에게
자주 듣는 말이 있으신가요?

저는 회복 탄력성이 높다는
말을 자주 듣는데요.
어떻게 그렇게
3초 만에
기분이 좋아져?
내가?

내가??!
내가 본
사람 중에
제일 긍정적이야

상처 입은 근육이
더욱 커지는 것처럼
얍!

그간 자주 실패하며
마음에도 근력이 붙은 모양입니다.
단단히
망했군 하하

회복 탄력성을 높이는 한 가지 비결이 있다면

감정은 시간이 지나면
휘발된다는 걸 믿는 것이에요.

힘든 감정에 집착하는 게 아니라

내가 바꿀 수 있는 상황에 집중하며

그것을 착실히 수행하다 보면

252

힘들어도 참고 버티다 보면

물론 보이지는 않습니다.

회복 탄력성이 높은 사람은
실패를 두려워하지 않는다고 한다.
나의 경우, 실패를 실패로 받아들이지 않는 태도가
큰 도움이 되었다.

어떤 경험이든 깨달음과 배움이 있기 마련이다.
그것이 설령 실패한 경험이라도 말이다.
성공보다 그 교훈이 훨씬 중요하다.

실패를 긍정적으로 바라보는 것은
고난과 역경을 직면했을 때
빠르게 털고 일어나는 데 큰 역할을 할 것이다.

비록 이번 일은 성공하지 못했지만 새로운 걸 배웠으니
다음에는 오늘보다 더 잘 해낼 것이다!

10

스터디 모임

집에서 먹을 것만 축낸지
어언 n개월 차 홈 프로텍터.
후비적
바쁘다
바빠
현대 사회…
결국 스터디 모임으로
등 떠밀리게 되었습니다.
안뇽하세효…
뭐라도 하려고
기어 나왔슴다

간만에 펜을 들고 끄적이던 중

별안간 누군가 쳐다보는 듯한

뜨거운 시선이 느껴지더라고요.

뭐지
이 묘하게
부담스러운
기분은….

그렇게 뜻하지 않게
눈이 맞아버렸답니다.
걸어줘 말 걸어줘
말 걸어
말 걸
어줘
말
걸어
말말

저 혹시…
네-!

ENFP세요?
어머! 맞아요!
어떻게 아셨어요?!

똥차 가고 벤츠 온다

어쩌면 네가 못난 사람이었던 게 아니라

내가 널 담지 못한 사람이었던 걸까.

12

버릇 있는 여자

요즘 같은 날씨에는

종종 거실에서 그림을 그립니다.

집중 집중

집중
집중

열심히네…
집중
집중
집중
집중

근데 딸,
왜?

너 희한한 버릇 있는 거 알아?
버릇?
우슨 버릇?

우리 딸은
집중하면

발가락이
쪼그라들어

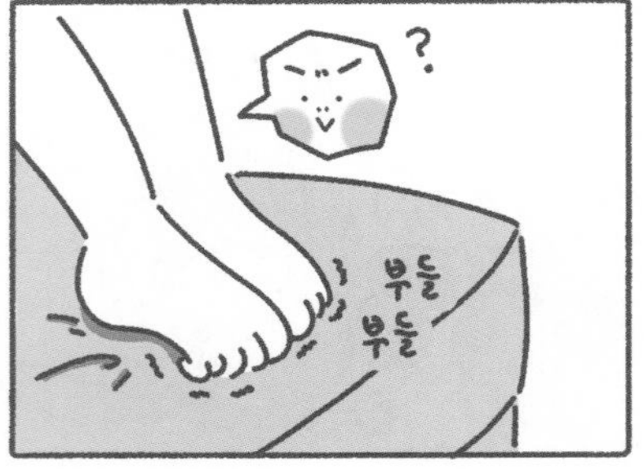
?
부들
부들

27년 살면서
처음 알게 된 사실이다.

진짜네.

우리 딸 버릇 있는 여자야.

엄마는 왜 맨날 밥 타령일까?

게리 채프먼의 책 《5가지 사랑의 언어》에 의하면 '사람은 누구나 자신만의 언어로 사랑을 표현한다'고 한다. 누구는 칭찬과 격려로, 누구는 스킨십으로, 또 다른 누군가는 함께 보내는 시간을 통해 사랑을 주고받는다. 마치 외국어를 배우듯, 서로가 가진 사랑의 언어를 배워야 끈끈한 관계를 유지할 수 있다.

애석하게도 우리 엄마의 사랑은 그 어디에도 속하지 않는 것 같다. 나의 이 심드렁한 성격은 엄마의 영향이라고 해도 과언이 아닐 정도로 엄마는 나를 쿨하게 키웠다. 내가 열 살이었을 무렵, 우리 가족은 작은 돌계단이 있는 주택에 살았다. 나는 종종 계단을 오르며 줄넘기를 하곤 했는데, 그러다 계단에서 크게 넘어진 적이 있었다. 앞으로 넘어져 정강뼈가 보일 정도로 몹시 깊은 상처가 났다. 하지만 엄마는 울며 들어오는 딸 앞에서도 놀란 기색이 없었다.

"이거 밥 먹으면 나아, 봐 봐라?"

뚱딴지같은 한마디를 툭 던지고는 주방으로 홀연히 떠난 엄마는, 이윽고 끓고 있던 된장찌개를 한 숟갈 떠 호호 불더니 내 입에 왁 넣었다. 나는 엄마가 마법 물약이라도 만든 줄 알았다. (뭐가 됐든 내 눈물을 멈추는 데는 성공적이었다.)

내가 성인이 된 지금도 엄마는 여전하다. 심지어 이제는 다 컸다고 다정하게 얘기해주지도 않는다.

"엄마 나 머리가 아ㅍ..."
"밥 안 먹어서 그래!!!!!!"

어릴 때는 조금 섭섭하기도 했다. '아프다고 하면 괜찮냐고 걱정해줘야 하는 거 아닌가?', '왜 우리 엄마는 맨날 밥 타령만 할까?' 싶었는데, 어른이 되고 보니 알 것 같다. 그것은 엄마만의 사랑 언어였다.

다른 예로, 아빠의 사랑 언어는 끊임없는 간섭이다. 내가 무언가 하고 있으면 옆에서 꼭 한마디를 거든다.

"그렇게 하는 게 아니지! 아빠가 알려 줄게. 이게 뭐냐면… ."

지금 생각해 보면 아빠는 그저 딸과 대화하고 싶었던 것 같다. 다만 그 방식이 나와는 달라, 당신이 아는 지식이라도 전달하며 말을 붙일 수밖에 없던 것이다. 그걸 알게 된 요즘은 아빠에게 한 번씩 되묻는다.

"아빠, 나랑 놀고 싶구나?"

그러면 아빠는 멋쩍게 웃고는 고개를 옅게 끄덕이신다.

함께 살기 위해 우리는 서로의 언어를 배워야 한다. 우리 가족과 행복하게 살고 싶은 나는 밥을 열심히 먹고 아빠의 간섭에 정성껏 시달리고 있다!

PART 5

우리에겐 행복이 어울려

01

행복을 활용하는 법

272

인생은 행복하기 위해 나아가는 게 아니라

나아가기 위해 행복을 사용해야 합니다.

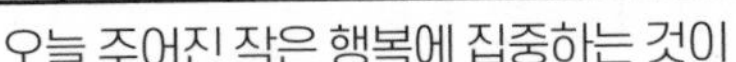

오랫동안 지치지 않고 달릴 수
있는 유일한 방법이죠.

이제는 눈앞에 떨어진 행복을
차곡차곡 모으며 나아갑니다.

그래야 포기하고 싶은 순간

하나씩 꺼내 먹을 수 있으니까요.

아 무거워;

언젠가 이런 질문을 받은 적이 있다.

행복하려면 돈이 많아야 할까?
사람이 많아야 할까?

무슨 소리야!
행복이 많아야 돈도 벌고,
사람도 만나지.

02

필라테스

얼마 전부터 필라테스를 시작했습니다.

몸 상태가 심각하다는 것을 깨닫고

곧바로 등록을 해버렸죠.
바디 진단 결과
C
마치
내 학점 같군

기구 사용하는 법
알려드릴게요
따라오세요
쭈뼛
쭈뼛

등 굽히지 마시고~
시선은 멀리 볼게요

몸이 문제가 아니었나 봅니다.

행복이 많아도 필라테스는…

잘 못할 것 같다.

03

진작 이렇게 말할 걸

갑작스러운 말싸움에 취약한 사람 특징.

그건 앞뒤가
다르지
이것도
내 말이
맞는 것 같은데
빠직

혼자서 다음 라운드를 시작함.
2 Round

04

아프면 보이는 것들 I

2023년 12월 25일.

나 홀로 크리스마스를 보내던 그날은
유독 들떠 있었습니다.

?

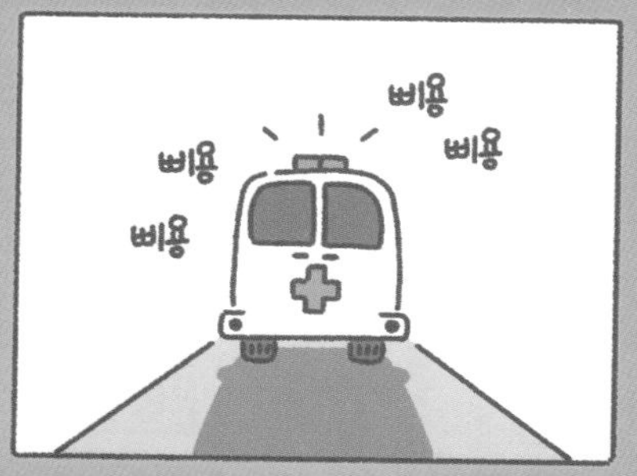
삐용
삐용
삐용
삐용

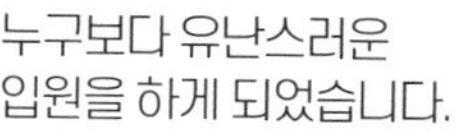
누구보다 유난스러운
입원을 하게 되었습니다.

하필
왼팔이 부러진
왼손잡이

05

아프면 보이는 것들 2

도처에 도사린 무력함으로부터
매일을 도망쳤기 때문이죠.

전
괜찮아요
하하
파닥
파닥

그러지 말고
같이 가요
앗!
새로 온
아가씨
왔네~
어서 와요~
온 힘을 다해
외면한 순간에도
누군가는 오늘을 돌보고
있다는 것을요.

여러분의 오늘은 어떠셨나요?

각자를 닮은 어여쁜
하루가 되셨기를 바랍니다.

······ 06 ······

아프면 보이는 것들 3

저조차 몰랐던 습관을
발견할 때가 있습니다

예를 들어 무의식중에
모든 물건을 왼쪽에 둔다거나

비효율적인 동선으로 움직인다거나
팽-팽

익숙지 않은 불편함이라
여간 낯선 게 아니더군요.
왼손을 풀든
링거를 풀든
오늘 하나는
끝장낸다.
휘적

그 외에
새롭게 알게 된
사실도 있는데요

부들
부들

부들
부들

293

강아지의 산책

294

간만에 친구를 만났습니다.

워낙 오랜만에 보는 친구라
반가운 마음을 주체할 수 없었는데요.

태어나 처음으로 강아지와 산책도 해봤답니다.

'나만 강아지 안 키워'에서 '나'를 담당하고 있음.

296

그치?
그렇네

다른 강아지나
좋아하는
냄새를 맡으면
저렇게
영역 표시를
하는 거야
마킹
한다고 해

내꺼라고
찜하는 거지
아~
그렇구나

강아지들마저 나름의 취향을 드러내고 산다는 게 무진장 귀여웠습니다.

08

아침에 쓰는 일기

종종 사는 것이 재미없다
느껴질 때가 있습니다.
출근하면
일해야 되고
퇴근하면
자야되고
...
에휴, 지겨워
무채색의 마음으로 익숙한
하루들을 쌓다 보면
탁!

점점 기대되는 일도
줄어들기 마련이죠.

301

처음으로 아침 일기를 써보았습니다.

두서없이 적어낸 생생한 마음들은
하루에 소소한 기대감을 불어넣는 데 큰 도움을 주더군요.
오늘 적은 마음가짐으로 살아가고 싶어

여러분의 오늘은 어떠신가요?

나의 한 페이지에 들어올
수많은 이야기를 떠올리며

기대하던 삶대로 만들어가는

생명력 강한 하루가 되시길 바랍니다.

아침에 쓰는 글이 좋은 점은 후회나 미련보다,
다가올 희망과 기대를 더 상상할 수 있다는 것.

마주할 수많은 생명과 이야기로
한 페이지 가득 채우다 보면,
오늘을 살아가야 할 이유가
이렇게 많다는 것을 느낄 수 있다.

아침의 글처럼 생명력 강한 사람이 되자.

09

시련의 그릇

지하철에 우산까지 놓고 내렸지 뭐야.

우리 딸
그릇이 큰가보네

밥 먹자

언젠가 엄마가 그러셨다.

행복의 정도는 저마다 다를지라도
고통을 느끼는 정도는 모두가 같다고.
다 자신의 그릇에 맞게 힘든 거라고.

어쩌면 네가 지금 힘든 이유는
그만큼 너의 그릇이 크기 때문이라고.

10

소중함에 대하여 1

문득 소중함이 어떻게 생기는지 궁금해집니다.

겁 많은 저에게 그것은

빠지는 건
무서우니까
발만 담궈볼…
톡

준비 없이 뛰어든
다이빙과 같습니다.
으앗!!

빠지는 순간 무턱대고
들이닥친 물보라의 감정은

왜인지 저항할수록 깊이
더 빠르게 스며오는 듯합니다.

결국 손쓸 수 없음을 깨닫고
일렁이는 수면 위를
향해하는 수밖에 없죠.

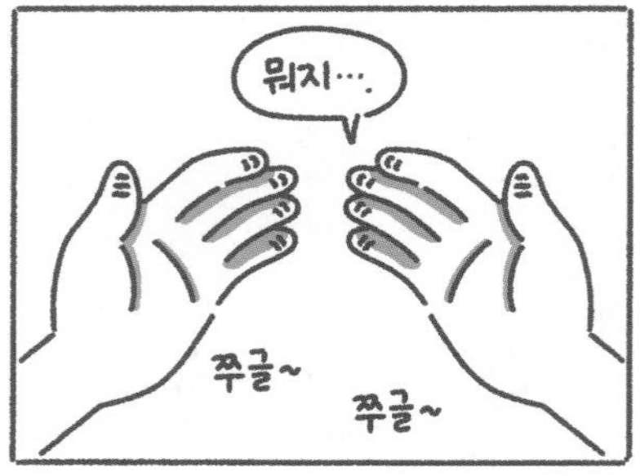
뭐지….
쭈글~
쭈글~

나 언제 이렇게
빠진 거지….

소중함에 대하여 2

소중하다는 확신은 의외로
부정의 감정이 떠오를 때 이루어집니다.

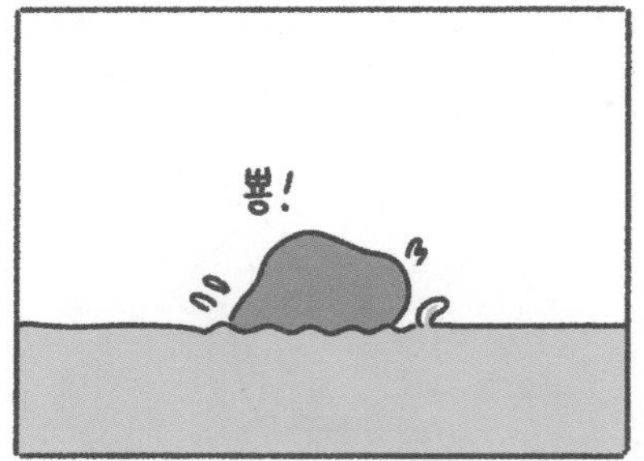

그제야 소중함을 완전히 인정하게 됩니다.

'내가 지키고 싶은 무언가 생겼구나'

316

이와 같이 대답한 이유도 그 때문인가 봅니다.

소중함은 언제나 불안을 동반한다.
내가 사랑하는 것들을 잃고 싶지 않기에
잃을까 봐 걱정하는 것이다.

언제가 누군가로 인해 불안해진다면
두려워하지 말고 이렇게 이야기하자!

"넌 내게 소중한 사람이야."

essay

하루쯤은 여행하듯 살아보기

스물다섯 살, 생애 처음 여권을 발급하던 날. 여러모로 충격을 받지 않을 수 없었다. 주변 사람들은 어떻게 지금까지 여권이 없었냐며 놀란 눈으로 물어왔고, 나는 어떻게 다들 여권이 있냐며 되물었다. 그날 처음 알았다. 나 빼고 이미 외국물 한 번씩은 다 먹어 본 것이다. 왠지 모를 배신감(?)을 느꼈다.

사람들은 왜 여행을 할까? 다소 늦은 나이 여행에 입문한 사람으로서 깨달은 사실이 있다면, 여행은 '현재'를 살게 한다는 것이다. 여행지에 두 발을 딛고 선 우리는 내일을 위해 오늘을 희생하지 않는다. 지금 이 순간 보고 느끼는 행복에 집중한다. 그렇기에 미래에 대한 걱정도, 불안도 없다. 당장 무엇을 해야 할지 몰라도 문제가 되지 않는다. 이렇듯 여행에는 특별한 힘이 있다.

그렇다고 여행하며 사는 삶만이 좋은 삶이라 이야기하는 것은 아니다. 다만, 우리는 너무 많은 오늘을 미래에 저당 잡힌 채 살고 있다. 당장 나만 해도 그렇다. 나는 실패를 두려워하지 않는 편이지만, 유독 미래에 대한 불안에서는 자유롭지 못한 편이다. 이를테면 안정적인 직업과 남부럽지 않은 수입, 독립과 결혼 같은 개인적인 바람까지. 그사이 자기 계발에 대한 생각까지도 끼워 넣다 보면 오늘이 남아 있을 리 없었다. 오죽했으면 해외여행이라도 한번 다녀오라는 친구의 말에 이렇게 대답했을까.

"집에서 영상으로 보면 되지."

'해외여행 갈 시간에 한 푼이라도 더 벌고, 여행 가서 쓸 돈은 모으는 게 낫지 않나?'라고 생각하던 나는, 우연히 다녀온 세부 여행에서 오늘을 사는 법을 배웠다.

그날은 물놀이를 끝내고 숙소에 일찍 들어왔다. 왠지 그냥 자기 아쉬워 발코니에서 밤하늘을 올려다보았다. 그날 본 세부의 하늘에는 모래알을 뿌린 듯 수많은 별이 반짝이고 있었다. 마치 내 머리 위에 하늘이 아닌 우주가 떠 있는 느낌이었다. 분명 서울에서는 보기 드문 풍경이었다. 나도 모르게 홀린 듯 밖으로 뛰쳐나온 기억이 난다. 시선을 하늘에 고정한 채 하염없이 걸었다. 어스름히 흘러가는 구름 뒤로 자리를 지키며 빛을 내는 별들. 삽시간에 흘러가는 풍경을 보고 있으니 이 순간을 살고 있다는 것이 실감 났다. 발 닿는 대로 걸어도 두렵지 않았다. 이곳에서는 길을 잃어도 괜찮을 것만 같았다. 그 감정이 내게 큰 위로가 되었다.

이따금 사는 것이 쓰고 버거울 때, 나는 그날의 기억을 꺼내 본다. 그러고는 다시금 지금 이 순간을 살겠다 다짐한다. 그저 내일에 희생당하는 365일 중 하루가 아닌, 다시 오지 않을 오늘이기에. 지금 눈앞에 흘러가는 것들을 온전히 즐기고 느끼며 살고 싶다. 마치 이곳에 여행을 온 것처럼.

100%

원래 첫 이별은
다 그래~

갑자기
혼자 되니까
누구랑
놀아야 할지
모르겠지?!

응. 그리고
...